AF298076

UN

FRAGMENT DE LOI MUNICIPALE ROMAINE,

PAR

M. A. ESMEIN.

EXTRAIT DU JOURNAL DES SAVANTS — FÉVRIER 1881.

I

Au mois de juin 1880, on a découvert près de la ville d'Este, en Italie, un fragment de table de bronze, portant gravée l'inscription que nous publions plus loin. Une copie fut prise par M. G. Gatti sur le monument conservé aujourd'hui au musée d'Este, et M. J. Alibrandi, professeur de procédure romaine à l'Académie des conférences historico-juridiques de Rome (*Academia di conferenze storico-giuridiche*), la fit imprimer pour la commenter à son cours [1]. Un exemplaire de cette impression a été adressé à M. Ch. Giraud, qui a bien voulu nous le communiquer. Nous allons reproduire le texte et nous

---

[1] L'exemplaire que nous avons sous les yeux porte la mention : *Ex ipso monumento descripsit Jos. Gatti : supplevit, explicuit Hil. Alibrandi in auditorio Academiæ Romanæ historico-juridicæ a. d. III Kal. et postridie nonas Decembres 1880.*

tâcherons ensuite de déterminer ce qu'il apporte de nouveau à l'histoire du droit romain [1].

MANDATI·AVT·TVTELAE·SVO·NOMINE·AVT·QVOD·IPSE·EARVM·RERVM·
QVID·GESSISSE·DICETVR·ADDICETVR·AVT·QVOD·FVRTI·QVOD·AD HO
MINEM·LIBERVM·LIBERAMVE·PERTINERE·DEICATVR·AVT·INIVRI
ARVM·AGATVR·SEI·IS·A QVO·PETETVR·QVOMVE·QVO·AGETVR·D
5 E·R·IN EO·MVNICIPIO·COLONIA·PRAEFECTVRA·IVDICIO·CERTA
RE·ET·SI EA·RES·HS·CCIƆƆ·MINORISVE·ERIT·QVOMINVS·IBEI·D·E·R
IVDEX·ARBITERVE·ADDICATVR·DETVR·QVOVE·MINVS·IBEI·D·E·R
IVDICIVM·ITA·FEIAT·VTEI·DE IEIS·REBVS·QVIBVS·EX·H L·IVDICIA
DATA·ERVNT·IVDICIVM·FIEREI·EXERCERI·OPORTEBIT·EX·H·L·N·R·
10 QVOIVS·REI·IN·QVEMQVE·MVNICIPIO·COLONIA·PRAEFECTVRA
QVOIVSQVE·II·VIR·EIVSVE·QVI·IBEI·LEGE·FOEDERE·PL·VE·SC·S·
VE·C·INSTITVTOVE·IVRE·DICVNDO·PRAEFVIT·ANTE·LEGEM·SEI
VE·ILLVD·PL·SC·EST·QVOD·L·ROSCIVS·A·D·V·EID·MART POPVLVM
PLEBEMVE·ROGAVIT·QVOD·PRIVATIM·AMBIGETVR·IVRISDICT
15 O·IVDICIS·ARBITRI·RECVPERATORVM·DATIO·ADDICTIOV......
QVANTAEQVE·REI·PEQVNIAEVE·FVIT·EIVS·REI·PEQVNI....
QVO MAGIS·PRIVATO·ROMAE·REVOCATIO·SIT·QVO...........
NVS·QVEI·IBEI·I·D·P·D·E·R·IVS·DICAT·IVDICE................
VTEI·ANTE·LEGEM·SIVE ILLVD PL·SC·EST.......................
20 V EIDVS·MART·POPVLVM·PLEBE..............................
.........................CI IV...................................

En complétant les mots abrégés et en introduisant quelques restitutions certaines, nous obtenons la transcription suivante :

Mandati aut tutelæ suo nomine aut quod ipse earum rerum | quid gessisse dicetur addicetur [2], *aut quod furti quod ad ho | minem liberum liberamve pertinere deicatur aut*

---

[1] Nous ne reproduisons ici que le texte donné comme certain; nous indiquerons dans la suite les restitutions proposées par M. Alibrandi, qui nous paraissent en partie contestables.

[2] *Dicetur, addicetur;* il semble qu'il n'y a là qu'une simple redondance. Ce sens du verbe *addicere* paraît nouveau. Cf. Dirksen. *Manuale latinitatis.* V° *Adᵗ dicere.*

quod injuri | arum agatur, sei is a quo petetur quomve quo agetur d(e) | e(a) r(e) in eo municipio, colonia, præfectura judicio certa | re (volet)[1], et si ea res HS 10,000 minorisve erit, quominus ibei d(e) e(a) r(e) | judex arbiterve addicatur detur, quove minus ibei d(e) e(a) r(e) | judicium ita feiat; atei de ieis rebus quibus ex h(ac) l(ege) judicia | data erunt judicium fierei exerceri oportebit; ex h(ac) l(ege) n(ihil) r(ogatur). | Quojus rei in quoquomque[2] municipio, colonia, præfectura, | quojusque II viri ejus ve qui ibei lege, fœdere, pl(ebei)ve sc(ito), s(enatus) | ve c(onsulto), institutove jure dicundo præfuit, ante legem sei | ve illud pl(ebei) sc(itum) est quod L. Roscius a(nte) d(iem) V eidus Martias populum | plebemve rogavit, quod privatim ambigetur jurisdict(i) | o, judicis, arbitri, recuperatorum datio addictiov(e fuit); | quantæque rei pequniæve fuit, ejus rei pequni-(æve) | quo magis privato Romæ revocatio sit quo (ve mi-) | -nus quei ibei j(ure) d(icundo) p(ræerit) d(e) e(a) r(e) jus dicat judice(m) (arbitrumve det) | atei ante legem sive illud pl(ebei) sc(itum) est (quod L. Roscius ante diem) | V eidus Martias populum plebe(mve) (rogavit). . . . . . ci ju. . . . .

Il est aisé de discerner à première vue que nous avons là un chapitre de loi et d'en donner le sens général. Le texte comprend deux parties. La première a pour but de fixer la compétence des magistrats municipaux quant aux actions de droit privé, dans lesquelles la condamnation entraîne l'infamie; la seconde contient, sur le même sujet, une disposition transitoire, dont il est moins facile de préciser la portée. Nous le tenterons pourtant, mais auparavant il est nécessaire de rappeler en peu de mots ce que nous savons jusqu'ici sur la compétence des magistrats municipaux.

II

On sait comment les Italiens devinrent en masse citoyens romains. Les lois Julia en 664 (U. C.), Plautia-Papiria en 665, accordèrent le droit de cité à tous ceux qui étaient restés fidèles pendant la guerre sociale, ou qui avaient posé les armes[3]. Des sénatus-consultes, probablement rendus en vertu de la loi Papiria, complétèrent l'œuvre[4]. Mais il fallait maintenant régler la condition nouvelle des cités; cela fut fait sans doute par des commissaires que nomma le sénat[5]. Enfin les principes géné-

---

[1] Ligne 6, le mot *volet* a été certainement omis, comme le remarque M. Alibrandi : « v. 5-6, post CERTARE « omissum VOLET. »

[2] Correction de M. Alibrandi : « v. 10, « IN QUOQUOMQUE corrigendum suadent « similia et cœva monumenta. »

[3] Cic. *Pro Balbo*, 8; *Pro Archia*, 4; Appian. *B. C.*, I, 49; Vell. Pater, II, 16.

Voy. Ch. Giraud : *Les bronzes d'Osuna*; Paris, 1874, p. 91 sq; Bethmann-Hollweg : *Der römische Civilprozess*, II, § 58, p. 19 sq. Savigny, *Verm. Schriften*, III, p. 299 sq.

[4] *Liv. epitome*, 80 : « Italicis populis a « senatu civitas data. »

[5] *Lex Julia municipalis*, lin. 159 sq.

1.

raux de ce nouveau droit administratif furent fixés en 709 (U. C.) par la *Lex Julia municipalis*, dont nous possédons un fragment important, commenté magistralement par M. de Savigny.

Un point surtout était à régler : l'administration de la justice. Pour les cités qui depuis longtemps possédaient le *jus civitatis*, cela avait été fait. Les préfectures avaient un *præfectus jure dicundo* envoyé par Rome; les colonies leurs *duumviri jure dicundo* [1], dont les pouvoirs avaient dû être déterminés par la *Lex Coloniæ*. Mais dans les municipes, liés à Rome par un *fœdus* [2], la justice avait été rendue jusque-là par les magistrats nationaux selon la coutume nationale; qu'allait-on décider maintenant qu'ils étaient soumis à la loi romaine? On décida sans doute que là, comme partout, les magistrats nommés selon les anciennes formes conserveraient l'administration de la justice [3]; c'était une solution presque forcée. Mais, d'autre part, les habitants des municipes, en leur qualité de citoyens romains, étaient les justiciables des magistrats de Rome : *Roma communis nostra patria est*, dira plus tard en leur nom Modestin [4]. Ils pouvaient donc, s'ils le voulaient, porter leur procès à Rome [5]. Il y avait là une double compétence, qui ne pouvait qu'être une cause de trouble; un départ devait être fait, on devait restreindre la compétence des magistrats municipaux, mais en même temps, dans la mesure où elle était maintenue, supprimer la compétence des magistrats de Rome. Quand et comment cela fut-il fait?

Nous savons que, pour une région particulière, la Gaule cisalpine, ces règles furent posées dans une loi spéciale, qui est parvenue en partie jusqu'à nous, la *Lex Rubria de Gallia Cisalpina*. A la différence des autres parties de l'Italie, la Gaule cisalpine avait été une *provincia*, et elle resta telle alors même que toutes ses villes eurent été dotées de la cité romaine, ce qui se produisit d'ailleurs assez tard. La justice y était rendue sous la direction des consuls venus de Rome, et il en fut ainsi jusqu'en l'année 712 (U. C.) [6]. Alors la Gaule cisalpine fut juridiquement

---

[1] Siculus Flaccus (édit. Lachmann), p. 160.

[2] Ch. Giraud, *op. cit.*, p. 86 sq.

[3] On leur conserva même souvent jusqu'à leurs anciens noms. *Lex Julia municipalis*, lin. 84. Voyez Orelli, 3785 sq.

[4] L. 33, *Dig.*, L, 1. (Modestinus, *Libro singulari de manumissionibus*.) Le jurisconsulte veut sans doute expliquer comment toute personne, quel que soit son domicile, peut faire à Rome un affranchissement,

[5] Cic. *Verr.*, V, 13 : « Unum illud quod « ita fuit illustre notumque omnibus ut « nemo tam rusticanus homo L. Lucullo « et M. Cotta consulibus (a. 680, U. C.) « Romam ex ullo municipio vadimonii « causa venerit, quin sciret jura omnia « prætoris urbani metu atque arbitrio « Chelidonis meretriculæ gubernari. »

[6] Mommsen, *C. I. L.*, t. I, p. 118.

comprise dans l'Italie et perdit la *forma provinciæ*. Il fut nécessaire d'y organiser la juridiction municipale, et dans cette intention fut rendue la loi *Rubria*[1]. La compétence des magistrats municipaux et celle du préteur est nettement déterminée; à ce dernier sont réservées la *missio in possessionem* et la connaissance de certaines actions lorsque la valeur en litige dépasse 1500 sesterces[2]. Jusqu'à ce taux, la concurrence des deux juridictions aurait existé en droit selon M. Mommsen[3]; mais il est plutôt croyable que la *jurisdictio* du préteur ne commençait que là ou finissait celle du *duumvir*[4].

Pour le reste de l'Italie, comment la chose fut-elle réglée? L'opinion dominante admet que, sous la République, la juridiction au civil appartenait, sans restriction aucune, aux magistrats municipaux[5]; on s'appuie surtout sur la *Lex Julia municipalis*, qui leur reconnaît le droit d'ordonner la *missio in possessionem*[6]. Ce serait seulement plus tard, sous l'empire, sous Hadrien[7] selon quelques-uns, qu'on aurait limité la compétence de ces magistrats à un taux dont le chiffre nous est inconnu. Cette mesure aurait été prise par imitation de ce que la loi Rubria avait fait pour la Gaule cisalpine[8]. D'ailleurs, les parties purent, par un libre ac-

---

[1] Savigny, *op. cit.*, p. 309 sq; Bethmann-Hollweg, *op. cit.*, p. 30. Mommsen (*C. I. L.*, t. I, p. 118) place la loi Rubria entre les années 705 et 712, c'est-à-dire entre le moment où toutes les villes ont le droit de cité (car on n'y trouve aucune trace des colonies latines), et celui où la *forma provinciæ* disparaît (car, dit-il, le titre de la loi, *de Gallia Cisalpina*, ne peut plus convenir dès lors).

[2] Mommsen, *Ueber den Inhalt des Rubrischen Gesetzes*. Bekker's *Jarhbuch*, II, 319 sq.

[3] *Op. cit.*, p. 333.

[4] Bethmann-Hollweg, *op. cit.*, p. 30 : « Ganz neu ist jedoch, sei es als Ueber- « gang aus dem früheren Zustande, sei « es als Vorspiel der Monarchie, die « Theilung der Gerichtsverwaltung zwi- « schen den Municipalmagistraten und « dem Prætor Urbanus, so dass es nicht « wie im übrigen Italien ganz von der « Willkühr der Partheien abhing, ob sie « die Sache in ihrer Heimath oder durch « Vadimonium in Rom anbringen woll- « ten. »

[5] Voy. Bethmann-Hollweg, *op. cit.*, page 23.

[6] Lin. 115 sq. : *Quojusve bona ex edicto ejus, quei jure deicundo præfuit, præfuerit... possessa proscriptave sunt, erant.* Mais ces mots ne se réfèrent-ils pas à une décision du préteur? Les *duumvirs* avaient-ils un *édit?*

[7] Vering : *Geschichte und Institutionen des römischen Privatrechts*, 3ᵉ édit. p. 175 : « Seit dieser Zeit (Hadrian) da- « tirte wohl die Beschränkung der *juris-* « *dictio* der Municipalmagistraten auf « eine bestimmte Summe. »

[8] Bethmann-Hollweg, p. 68 : cf. Accarias : *Précis de droit romain*, t. II (2ᵉ édit. p. 814). Pour le taux, voy. Paul, *Sent.* v, 5ᵃ, 1. L. 4, 11, 13, § 1, 19, § 1, 20. *Dig.*, II, 1. L. 26, 28, *Dig.*, L, 1. Les duumvirs n'ont plus la *missio in bona* mais seulement la *pignoris capio*, l. 29, § 7, *Dig.*, IX, 2. Pour leur compétence au criminel, voy. Bethmann-Hollweg, *op. cit.*, p. 23. Geib : *Geschichte des römischen Criminalprozesses*, p. 239.

cord de volontés, proroger la compétence des magistrats municipaux : *inter convenientes et de re majori apud magistratus municipales agetur* [1].

Cependant tout le monde ne présente pas ainsi les choses. Pour M. Keller ces règles restrictives apparaissent vers la fin de la République [2]. M. Rudorff, de son côté, affirme qu'elles sont très anciennes [3] ; il en donne cette preuve qu'un certain nombre de textes, qui traitent la question du taux, sont empruntés aux commentaires sur l'édit ; celui-ci de bonne heure avait donc contenu des règles générales sur ce point [4]. Nous pouvons remarquer en particulier que la loi 11 au Digeste *de jurisdictione* (II, 1) agite plusieurs questions sur le calcul de ce taux, et qu'on y rapporte l'opinion non seulement de Sabinus et de Proculus mais encore d'Ofilius, l'ami de César [5].

Rudorff était allé plus loin. Analysant avec une grande sagacité certains textes, dont la formule, un peu vague en apparence, prend un sens précis quand on la rapporte à cette question de compétence, il énumère toute une série de causes dont la connaissance était, d'après lui, enlevée aux magistrats municipaux, quelle que fût l'importance pécuniaire du litige. Ce sont : 1° les actions qui ne sont accordées qu'après une *causæ cognitio* [6] ; 2° les *causæ liberales* [7] ; 3° les *actiones famosæ*, c'est-à-dire les actions de droit privé dans lesquelles la condamnation entraîne l'infamie. Les textes qu'il cite sur ce dernier point ne démontrent pas absolument que cette classe d'actions fût soustraite aux tribunaux municipaux [8] ; mais, comme ils sont tirés du livre II du commentaire d'Ulpien sur l'édit, où étaient étudiées les questions de compétence, on peut au moins en conclure qu'à ce point de vue les *actiones famosæ* n'étaient point traitées comme les autres. Cela se conçoit d'ailleurs ; elles mettaient en jeu plus qu'un simple intérêt pécuniaire.

---

[1] L. 28, *Dig.*, L, 1.

[2] *Römische Civilprozess*, § 2, n. 23.

[3] *Römische Rechtsgeschichte*, t. II, § 4, p. 20 et n. 54 : « Das Edict *berücksichtigte* die Gemeindeordnungen im Allgemeinen. Man darf also die Beschränkungen nicht mit Puchta erst von Lex Rubria oder von Adrian datiren ; sie reichen bis auf die älteren Stadtrechte, z. B. von Bantia. »

[4] Voy. spécialement l. 26, *Dig.*, L, 1 (*Paulus ad Edictum*) ; l. 28, *ibid.* ; l. 12, *Dig.*, II, 1 (*Ulpianus ad Edictum*).

[5] Cf. l. 2, § 44, *Dig.*, I, 2.

[6] L. 105, *Dig.*, L, 17 (*Paulus ad Edictum*) : *ubicumque causæ cognitio est prætor desideratur.*

[7] L. 106, *Dig.*, L, 17 (*Paulus ad Edictum*) : *Libertas inestimabilis res est.* Cela veut dire : tout procès où est engagée une question de liberté dépasse le taux jusqu'auquel les magistrats municipaux sont compétents. Conf. Ciceron. *Pro Cluentio*, xv, 43, 44. — Voyez, sur ces divers points, Willems : *Droit public romain* (édit. 1874, p. 397).

[8] L. 106, *Dig.*, L, 17 ; l. 32, *Dig.*, XVII, 2 ; l. 36, *Dig.*, XLIV, 7.

Aujourd'hui, sur ce dernier point nous avons un document positif, l'inscription que nous avons transcrite plus haut; elle éclaire en même temps, quoique d'une lumière moins vive, les questions voisines.

III.

On a pu voir, du premier coup d'œil, que notre inscription contient un chapitre d'une loi sur la juridiction municipale. La première partie de ce chapitre, prise dans son ensemble (nous laissons de côté, pour le moment, les points de détail), est très claire. Le texte, aujourd'hui mutilé, donnait d'abord une liste complète des *actiones famosæ*; puis il décide que, si l'on intente quelqu'une de ces actions dans un municipe, une colonie ou une préfecture, le magistrat, qui a la *jurisdictio* dans ce lieu, pourra délivrer une formule et donner un juge ou un arbitre; mais cela à deux conditions : il faudra que le défendeur y consente, et, de plus, que l'intérêt en jeu ne dépasse pas dix mille sesterces. Si ces deux conditions ne sont pas remplies, le texte ne le dit pas expressément, mais cela va de soi, l'instance est portée à Rome devant le préteur : *Sei is a quo petetur quomve quo agetur de ea re in eo municipio, colonia, præfectura certare volet, et si ea res Ɦ� ꝯꝯꝯ minorisve erit, quominus ibeï de ea re judex arbiterve addicatur detur, quove minus ibeï de ea re judicium ita feiat, utei de ieis rebus quibus ex hac lege judicia data erunt judicium fierei exerceri oportebit, ex hac lege nihil rogatur.*

On le voit, si la conjecture de Rudorff était fondée en partie, en partie aussi elle était fausse. Les *actiones famosæ* sont bien traitées autrement que les autres, mais elles ne sont point complètement soustraites aux juridictions municipales. Un taux est fixé, différent sans doute de celui qui fut arrêté pour les autres matières. Au-dessus de ce taux, il est absolument interdit au *duumvir* d'en connaître; la volonté des parties ne peut point ici, comme en droit commun, proroger la compétence; au-dessous de ce taux, le *duumvir* n'est compétent qu'avec le consentement du défendeur.

Cela est sans doute curieux à connaître; mais il serait bien plus important de déterminer quelle est la date de notre loi, quelle est sa portée générale et ce qu'elle contenait dans son ensemble.

Le reste du chapitre que nous possédons permet de déterminer l'âge du document. Il vise, en effet, une autre loi, un plébiscite qu'il désigne ainsi : *Legem, sive illad plebeiscitum est, quod L. Roscius ante diem V eidus Martias populum plebemve rogavit;* il en donne, on le voit, la date, mais en indiquant seulement le mois et le jour. De plus, une disposition

2 .

transitoire, contenue dans la seconde partie de notre chapitre, rappelle le droit en vigueur antérieurement au plébiscite de L. Roscius. On peut donc en conclure que les deux lois sont très voisines l'une de l'autre, qu'elles sont probablement de la même année.

Or nous pouvons déterminer la date du premier plébiscite. Nous trouvons en effet un L. Roscius, qui fut tribun du peuple en l'an 687, (U. C), et fit, à ce titre, œuvre de législateur. Ce L. Roscius Othon, qui paraît plusieurs fois dans la correspondance de Cicéron[1], et qui fut un ardent adversaire de Pompée[2], est surtout resté célèbre pour avoir fait voter une loi qui réservait au théâtre des places marquées aux chevaliers romains[3]. La loi dont parle notre inscription fut aussi l'œuvre du même auteur, et date par conséquent de l'an 687 ; elle fut suivie de près par celle dont nous avons un chapitre sous les yeux. Cette année-là il y eut, d'ailleurs, au témoignage de Dion Cassius, une grande activité législative de la part des tribuns : on se préoccupa spécialement de fixer les règles de la juridiction, puisque cette année même fut votée la loi *Cornelia* sur l'Édit[4].

La loi contenue dans notre inscription était générale, et s'appliquait à toute l'Italie ; elle emploie la formule compréhensive : *in eo municipio, colonia, præfectura.* Mais à quels besoins répondait-elle de même que la *Lex Roscia,* qui l'avait précédée? Pour trouver la réponse, il faut commenter en entier la seconde partie du chapitre conservé.

Après avoir déterminé, comme nous l'avons vu, jusqu'à quelle somme et à quelles conditions les magistrats municipaux peuvent connaître des *actiones famosæ,* le texte continue par cette disposition transitoire : *Quojus rei in quoquomque municipio, colonia, præfectura, quojusque II viri ejus ve qui ibei lege, fœdere, plebeive scito, senatusve consulto, institutove jure dicundo præfuit ante legem seive illud plebeiscitum est[5] quod L. Roscius ante*

---

[1] *Ad. Att.,* XIII, xxix, 2 ; XII, xxxvii, 2 ; XII, xxxviii, 4 ; XII, xlii, 1.

[2] Dio Cassius, lib. XXXVI, (édit. Sturzius, Lipsiæ, 1834, p. 216, 217).

[3] *Liv. epit.,* 99 : « L. Roscius tribunus « plebis legem tulit ut equitibus ro- « manis in theatro quattuordecim gradus « proximi assignarentur. » Asconius *In Cornelian.* (Orelli, V, ii, p. 789 : cf. Orelli *Index legum* v° *Lex Roscia*). — Dio Cassius *loc. cit.* p. 246. — Ce Roscius était-il le même que celui dont le nom figure dans le titre de la loi *Mamilia, Roscia,*

Peducæa, Alliena, Fabia? Sur cette loi voyez Mommsen : *Ueber die Lex Mamilia (Die Schriften der römischen Feldmesser,* II, p. 222 ssq.)

[4] Dio Cassius, *op. cit.,* p. 243.

[5] *Legem sive illud plebeiscitum est;* cette formule déjà connue n'est, on le sait, qu'une tournure pour indiquer que le plébiscite a force de loi. Voyez Savigny *Verm. Schriften,* III, p. 345. — Cf. *Lex Rubria,* 1, 29 : *ex lege Rubria seive id plebeive scitum est; ibid.,* 1, 39 ; et *Lex Agraria* a. 643, *passim.*

diem V eidus Martias populam plebemve rogavit, quod privatim ambigetur ju-
risdictio, judicis, arbitri, recuperatorum datio addictiove (fuit), quantæque
rei pequniæve fuit, ejus rei pequniæve quo magis privato Romæ revocatio sit,
quo(ve mi)nus qui ibei jure dicundo præerit de ea re jus dicat judice(m ar-
bitramve det), utei ante legem sive illud plebiscitum est (quod L. Roscius ante
diem) v eidus Martias populam plebe(mve rogavit[1], ab eo qui ibei jure di-
cundo præfuit de ea re jus di)ci ju(dicem arbitrum ve dari oportuit, ex hac
lege nihil rogatur). Voici comment nous traduirions ce passage : « Quant
« aux litiges pour lesquels, dans un municipe, une colonie ou une préfec-
« ture, il a été nommé un juge, un arbitre ou des récupérateurs par le
« *duumvir,* ou le magistrat qui y rend la justice en vertu d'une loi, d'un
« traité, d'un plébiscite, d'un sénatus-consulte ou d'un établissement[2], et,
« cela antérieurement à la loi ou plébiscite que L. Roscius a présenté au
« peuple ou à la plèbe le cinquième jour avant les Ides de Mars, concer-
« nant les contestations qui s'élèvent entre particuliers au sujet de la *juris-*
« *dictio;* — pour ces causes, quels qu'aient été l'objet ou la somme de-
« mandés, la présente loi n'empêche pas que la *revocatio* n'en soit intentée
« à Rome[3], et que celui qui y rend la justice ne dise le droit, nomme
« un arbitre ou un juge comme il le faisait avant la loi ou plébiscite que
« L. Roscius a présenté au peuple ou à la plèbe le cinquième jour avant
« les Ides de Mars[4]. » Il faut maintenant justifier cette traduction et surtout l'expliquer.

---

[1] A partir de ces mots, M. Alibrandi restitue ainsi : *a II-viro eo ve qui ibei jure dicundo præfuit jus dici judicem arbitramve dari oportuit ex hac lege nihil rogatur.* On verra plus loin pourquoi nous modifions cette restitution.

[2] *Institutove.* Il est assez difficile de déterminer au juste ce que signifie ici le mot *institutum.* La loi énumère les divers actes qui ont créé ou confirmé et maintenu les juridictions municipales et ce terme clôt la liste. Il ne désigne ni une loi, ni un traité, ni un plébiscite, ni un sénatus-consulte; nous ne pouvons y voir que le règlement fait par les commissaires auxquels le peuple ou le sénat donnait le pouvoir d'organiser les divers municipes. Voyez *Lex Julia municipalis,* lin. 159 sq.

[3] *Quo magis privato Romæ revocatio sit.*

Ici *quo magis* a évidemment le sens de *quo minus;* ce qui le montre bien c'est le *quominus ve* qui suit. Voyez Dirksen, *Manuale* v° *Magis. IV.* Lorsqu'on veut opposer *quo magis* et *quominus,* on les sépare par un *non.* Voyez l. 3, § 5. *Dig.,* XXXVII, 4; l. 14 *Dig.,* XXXIV, 4; Gaius, II, 235.

[4] D'après la restitution de M. Alibrandi ce sont les magistrats municipaux qui ici *jus dicunt;* mais nous ne pouvons l'admettre. S'il était question d'eux, selon la terminologie chère aux lois romaines, on répéterait en entier la formule qui a servi à les désigner plus haut. De plus, le *judicium* qu'il s'agit ici d'organiser, c'est la suite, la consé-quence de la *revocatio,* et la *revocatio* a lieu à Rome.

Nous apprenons d'abord quel fut l'objet du plébiscite de L. Roscius. Il fut proposé *quod privatim ambigetur jurisdictio*, parce qu'entre parti-culiers, des contestations s'élevaient au sujet de la *jurisdictio*, sans au-cun doute de la *jurisdictio* municipale. Et ces contestations avaient pour conséquence une *revocatio* et un jugement dans la ville de Rome; tel était bien l'ancien état de choses, puisque, dans une disposition transi-toire, respectant le principe de la non-rétroactivité des lois, on le main-tient pour les procès entamés avant la loi de L. Roscius.

Mais qu'était-ce que la *revocatio*, et comment pouvait-elle intervenir en cette matière? Le mot *revocare*, en droit romain, a le sens général de *rescinder*[1]. Un passage des sentences de Paul l'applique à l'appel[2]; mais, à l'époque où nous reporte notre document, il ne peut être question d'appel. Seulement nous connaissons une vieille institution qui, sans être l'appel, était cependant un moyen d'attaquer les jugements, et qui porte le nom même de *revocatio;* la *revocatio in duplum.* C'était une an-cienne procédure, bien connue du temps de Cicéron[3], et qui subsista plus tard à côté de l'appel[4]. L'individu condamné avait deux moyens à sa dis-position pour faire valoir la nullité dont le jugement pouvait être enta-ché. Il pouvait attendre les poursuites et se laisser actionner par l'action *judicati*, en courant le risque d'être condamné au double s'il succom-bait dans cette nouvelle instance; il pouvait aussi prendre les devants et proposer par voie d'action ses moyens de nullité, c'était alors la *revocatio;* d'ailleurs, ici encore il s'exposait à voir doubler la condamnation, s'il échouait, *in duplum revocatio*[5].

Je crois que c'est une application de cette voie de recours que nous trouvons dans notre texte, et voici comment je conçois les choses. Après la concession du droit de cité faite à toute l'Italie, dans beaucoup de cités, jusque-là indépendantes et alliées, l'administration de la justice

---

[1] Voyez Dirksen, *Manuale* v° *revo-care;* cf. Gaius, II, 37; Paul, *Sent.,* III, III, 1; V, XXXIII, 1; l. 1, § 1, *Dig.,* XLII, 8.

[2] V, XXXIII, 1 : *Ne liberum quis ha-beret arbitrium retractandæ et revocandæ sententiæ et pœnæ et tempora appellationi-bus præstituta sunt.*

[3] *Pro Flacco,* 21.

[4] Paul, *Sent.* V, 5ª, 6ª : *Ab ea sen-tentia quæ adversus contumaces lata est neque appellari neque in duplum revocari potest.*

[5] Paul, *Sent.,* V, 5ª, 6-8; *Code grégo-rien,* V, 1, 1. — Voy. Accarias : *Précis de droit romain,* n° 778 (2ᵉ éd., t. II, p. 911); Keller, *Civilprozess,* § 82. M. Bethmann-Hollweg attribue un autre caractère à la *revocatio;* il y voit une *condictio indebiti* spéciale donnée à celui qui a payé le *judicatum* sur une sentence nulle (*op. cit.* II, § 119, p. 725 sq.); mais cette conception ne cadre avec au-cun texte. C'était devant le magistrat qui avait délivré la première formule qu'était portée cette action en nullité, aucune hiérarchie judiciaire n'existant dans le vieux droit romain.

dut donner lieu à de nombreuses difficultés. Les magistrats locaux étaient-ils compétents comme jadis, l'étaient-ils absolument et pour toutes les causes, quelles qu'en fussent la nature et l'importance? Sans doute les lois générales sur la concession du droit de cité n'avaient point tout d'abord réglé ces détails. Peut-être les sénatus-consultes rendus en vertu de la loi *Plautia Papiria* les avaient-ils précisés pour certaines cités; ou encore les commissaires nommés par le sénat avaient prévu ces divers points dans les règlements municipaux qu'ils étaient chargés de faire. Mais ce travail n'était pas terminé à notre époque, comme le montre le dernier chapitre de la *Lex Julia municipalis*. Pour beaucoup de cités la question devait paraître très douteuse, d'autant plus douteuse qu'elle avait peut-être été tranchée pour des villes voisines, où des règlements avaient posé des limites à la compétence des magistrats municipaux. Là, le citoyen actionné et condamné devait souvent contester la validité de la sentence, en contestant la *jurisdictio* du magistrat : *jurisdictio privatim ambigebatur.* Il avait été forcé d'accepter le *judicium;* mais il lui restait une ressource, la *revocatio in duplum.* Cette *revocatio,* il l'intentait non dans le municipe, mais à Rome, patrie commune de tous les citoyens romains; et par là indirectement, bien que l'appel fût ignoré, la voie de recours suivait un certain ordre hiérarchique.

Cet état de choses était peu satisfaisant et ne pouvait durer. Ce fut sans doute pour y mettre un terme que L. Roscius présenta son plébiscite. Il devait déterminer d'une façon précise la compétence des magistrats municipaux et défendre tout recours à Rome pour les points tranchés par eux. Fixait-il un taux au delà duquel cessait cette compétence? Cela est probable; mais alors comment expliquer qu'il ait été suivi si promptement d'une autre loi sur le même sujet, celle contenue dans notre inscription? Voici ce qu'on peut supposer. La loi de Roscius aurait déterminé un taux maximum pour la compétence des magistrats municipaux, mais elle aurait négligé de fixer certains points de détail; on s'aperçut bien vite de cette lacune et une loi nouvelle fut nécessaire pour la combler. Ainsi Roscius n'avait rien proposé de spécial aux *actiones famosæ*, et pourtant on trouva bientôt qu'il était juste de les traiter autrement que les autres; de là le chapitre de loi que nous avons reproduit, traduit et commenté. On pourrait concevoir les choses autrement. Le plébiscite de Roscius aurait posé seulement un principe général, applicable à toutes les cités, à savoir la compétence indiscutable des magistrats municipaux; puis notre loi serait venue apporter, dans certains cas, des limites à cette compétence et préciser, comme le fait la loi *Rubria,* les détails de la juridiction.

Ce sont là de simples conjectures que l'on trouvera peut-être fort hasardées. Mais un point nous paraît certain, c'est que les restrictions apportées à la juridiction des *duumvirs* datent de la République et furent introduites par l'une de nos deux lois.

IV.

Avant de quitter notre inscription, il est utile de relever quelques points de détail.

Le texte contenait une liste complète des *actiones famosæ*, et il serait intéressant de la comparer à celles que nous donnent la *Lex Julia municipalis* [1], Gaius [2], l'*Edictum perpetuum* [3] et les *Institutes* de Justinien [4]; car, si nos recherches ne se sont pas égarées, elle serait la plus ancienne de toutes. Malheureusement l'inscription est mutilée. Les premiers mots qu'elle contient : *mandati aut tutelæ suo nomine*, devaient terminer l'énumération des actions infamantes nées *ex contractu* ou *quasi ex contractu*, et étaient sans doute précédés de deux autres : *fiduciæ, pro socio*. L'action *depositi* ne devait pas figurer ici, pas plus qu'elle ne figure sur la table d'Héraclée, n'étant pas née à cette époque [5]. Quel était le début de la phrase? M. Alibrandi l'a ainsi restitué : *Sei a II viro eove quei in quoquomque municipio colonia præfectura j. d. p. judicium ei qui volet agere fiduciæ, pro socio mandati aut tutelæ suo nomine, etc.* D'après cela, *suo nomine* se rapporterait au demandeur. Cela nous paraît impossible. La loi s'occupe de ces actions, parce que la condamnation à laquelle elles donnent lieu entraîne l'infamie, c'est donc au défendeur qu'elle se réfère. De même l'Édit a soin de déclarer *notatus* celui-là seul qui a été *condemnatus suo nomine* [6]; n'est pas infâme celui qui est poursuivi *alieno nomine*. Il en résultait que le défendeur, en constituant un *procurator*, rendait en réalité l'action non infamante [7]. On admettait sans doute qu'en acceptant le débat dans ces conditions, le demandeur renonçait à la sanction énergique dont la loi avait muni sa créance. La clause « suo nomine » avait

---

[1] Lin. 110 sq.

[2] IV, 182.

[3] L. 1 pr. *Dig.*, III, 2.

[4] IV, xvi, § 2.

[5] Voyez Ubbelohde : *Zur Geschichte der benannten Realcontracte auf Rückgabe derselben Species*, p. 33, note 11.

[6] L. 1 pr. *Dig.*, III, 2.

[7] L. 6, § 2, *Dig.*, III, 2 : « Si quis « alieno nomine condemnatus fuerit non « laborat infamia, et ideo nec procura- « tor meus, vel defensor, vel tutor, vel « heres, furti vel ex alia simili specie « condemnatus infamia notabuntur, *nec « ego si ab initio per procuratorem causa « agitata est.* » Voyez Savigny, *System*, § 77.

surtout de l'importance dans le cas où un héritier était poursuivi du chef du défunt; alors il était certainement juste que la condamnation ne fût pas infamante, les peines devant être personnelles[1]. La *Lex Julia municipalis* ne contient pas cette restriction quant aux actions *fiduciæ, pro socio, mandati* et *tutelæ*[2], mais elle y doit être sous-entendue, s'il est vrai que notre loi soit la plus ancienne des deux.

Après les mots *mandati aut tutelæ suo nomine*, l'inscription ajoute : *Quod ve ipse earum quid gessisse dicetur addicetur*. Qu'est-ce que cela signifie? Est-ce une simple redondance, comme on en saisit parfois dans le style des lois romaines? Ces expressions visent peut-être certains cas qui ne rentraient pas, à proprement parler, dans le domaine des actions plus haut énumérées, mais qu'on y assimilait néanmoins. Ainsi le préteur avait assimilé à la tutelle régulière la gestion indue d'une tutelle : *Protutelæ actionem necessario prætor proposuit, nam quia plerumque incertum est utrum quis tutor an vero quasi tutor pro tutore administraverit tutelam, id circo in utrumque casum actionem scripsit, ut sive tutor est sive non, qui gessit actione tamen teneatur*[3]. Peut-être pourrait-on songer aussi à l'action *negotiorum gestorum?* Mais, bien que la responsabilité du gérant ne soit pas moins lourde que celle du mandataire, ni la table d'Héraclée, ni Gaius, ni l'Édit, ni Justinien, ne classent cette action parmi celles qui entraînent l'infamie. Il est possible encore que ces mots se réfèrent à l'hypothèse où l'héritier a continué la gestion du mandat confié au défunt, l'infamie pouvant alors l'atteindre[4].

Après les *actiones famosæ* nées *ex contractu* ou *quasi ex contractu*, l'inscription énumère celles qui naissent d'un *delictum privatum*, les actions *furti* et *injuriarum*. Il est intéressant de remarquer comment est désignée l'*actio furti* : *Quod furti quod ad hominem liberum liberamve pertinere deicatur. . . agatur.* Cette définition a pour but d'écarter le cas où le vol est imputé à un esclave; le maître est alors poursuivi *noxaliter*, et non pas *suo nomine*, et, condamné, il n'encourt point l'infamie; la compétence ordinaire du duumvir est alors maintenue. La *Lex Julia municipalis* introduit en d'autres termes la même distinction : *Quei furtei quod ipse*

---

[1] L. 6, § 6, *Dig.*, III, 2. Voyez Ch. Poisnel : *Recherches sur les sociétés universelles chez les Romains*, p. 48 et note 2.

[2] Lin. 111.

[3] L. 1 pr. *Dig.*, XXVII, 5 : *De eo qui pro tutore prove curatore negotia gessit.* Cf. 1. 4, *Dig.*, ibid.

[4] L. 6, § 6, *Dig.*, III, 2 : *Illud plane addendum est quod interdum et heres suo nomine damnatur et infamis fit, si in deposito vel in mandato male versatus sit, non tamen in tutela vel pro socio heres suo nomine damnari potest quia heres neque in tutelam neque in societatem succedit, sed tantum in æs alienum defuncti.*

fecit, fecerit, condemnatus pactusve est, erit[1], et l'Édit la reproduit dans cette formule plus laconique : *Qui furti. . . suo nomine damnatus pactusve erit*[2].

S'il est vrai que notre loi énumérait d'abord les actions infamantes nées *ex contractu* ou *quasi ex contractu*, puis celles nées *ex delicto*, comme nous avons avec la seconde énumération la fin de la première, nous pouvons remarquer qu'il manque deux actions pénales, mentionnées un peu plus tard par la table d'Héraclée : ce sont l'action de la loi *Plætoria* et l'action de dol[3]. Pour ce qui est de la loi *Plætoria*, on conçoit qu'elle ne figure pas ici. On sait qu'elle ouvrait un *judicium publicum*[4] qui, sans doute, avait lieu à Rome; et d'ailleurs notre chapitre de loi ne s'occupe que du droit privé. Mais l'action de dol, pourquoi ne la trouvons-nous pas ici? Si nos conclusions sur l'âge de notre loi sont exactes, l'action *de dolo* ne pouvait pas y figurer, car elle ne fut créée qu'en l'an 688, U. C. par le préteur Aq. Gallus, le collègue de Cicéron[5]. Il est vrai que jamais peut-être l'action de dol ne put être soumise aux magistrats municipaux, étant précédée d'une *causæ cognitio*[6].

[1] Lin. 110.
[2] L. 1, *Dig.*, III, 2.
[3] Table d'Héraclée, lin. 111, 112.
[4] Cic. *De nat. deor.*, III, xxx, 74 : *Judicium publicum rei privatæ lege Platoria.*
[5] Cic. *De officiis*, III, xiv, 60.
[6] L. 105, *Dig.*, L, 17.

www.ingramcontent.com/pod-product-compliance
Ingram Content Group UK Ltd.
Pitfield, Milton Keynes, MK11 3LW, UK
UKHW022300070726

13613UKWH00005B/2408